Hazel TOWNSON

Le sac à désastre

Traduit de l'anglais par
Jean-Baptiste Medina

Illustrations de David McKee

POCKET
jeunesse

Titre original :
Disaster Bag

Publié pour la première fois en 1994
par Andersen Press Limited, Londres.

Loi n° 49-956 du 16 juillet 1949 sur les publications destinées
à la jeunesse : mars 1999.

© 1994, Hazel Townson, pour le texte.
© 1994, David McKee, pour les illustrations.
© 1999, éditions Pocket Jeunesse, pour la traduction française
et la présente édition.

ISBN 2-266-08505-0

*Pour Anne Williams
et Pam Pollitt*

CHAPITRE PREMIER

ALERTE À LA BOMBE

Au milieu de la leçon de math, on entendit au loin un bruit assourdissant, et une sirène se mit à beugler. La surprise fit lever les têtes. Il y eut un instant de flottement, puis les élèves assimilèrent le message et bondirent sur leurs pieds. Une chaise tomba, des pupitres claquèrent.

— Inutile de paniquer, dit le professeur. Ce n'est qu'une fausse alerte, comme d'habitude.

Sur cette note rassurante, l'exercice d'évacuation se déroula harmonieusement, et en moins de deux minutes, toute l'école se trouva rassemblée sur le terrain de sport, que fouettait un vent piquant.

Colin Laird frissonna, ignorant les murmures d'excitation de ses camarades. D'autres élèves pouvaient considérer cet intermède comme une aubaine, l'occasion d'échapper à une leçon ennuyeuse ; mais pour lui, ce n'était qu'un pas de plus sur le chemin du Grand Désastre. Un jour, il y aurait une *vraie* bombe à l'école, une bombe qui les ferait tous exploser en miettes.

Colin en était arrivé à l'effrayante conclusion qu'une pagaille monstre régnait dans le monde. Ces fausses alertes à la bombe vous rappelaient que des choses terribles se produisaient un peu partout, de Tchernobyl à la jungle brésilienne, en passant par le trou dans la couche d'ozone. Des nations entières mouraient de faim, la pollution empoisonnait l'atmosphère, les catastrophes naturelles se multipliaient (à peine une semaine plus tôt, il y avait eu deux tremblements de terre, trois grandes inondations et une tornade), et les terroristes sévissaient partout. À chaque journal télévisé, le soir au moment du dîner, on voyait des familles se traîner lamentablement à travers l'écran, fuyant des calamités de tout genre.

Colin se disait qu'à ce train-là, il ne tarderait pas à être lui aussi victime du mauvais sort. C'est pourquoi tout à coup, sur ce terrain de sport balayé par le vent, il décida enfin que la coupe était pleine. Trop, c'était trop. Des mesures de protection s'imposaient. Il en avait assez de se balader comme ça, sans défense. Avec l'argent de son anniversaire, il allait se payer un « sac à désastre ».

Bien sûr, on ne pouvait pas entrer dans un grand magasin comme Harrod's ou Marks and Spencer et demander un sac à désastre, ça n'existe pas. Il lui fallait le concevoir lui-même, avec un peu d'ingéniosité.

Pour un récent voyage scolaire, sa mère lui avait acheté un petit sac à dos en toile, exactement pareil à celui dans lequel son père emportait ses sandwichs au travail. Il résolut donc de le remplir d'un assortiment précis d'articles de sauvetage : une trousse de première urgence ; une torche électrique et des piles de rechange ; une bouteille en plastique contenant de l'eau filtrée ; un couteau suisse ; des rations alimentaires de survie (chocolat, noisettes, raisins secs, biscuits et un carton de lait longue conservation) ; un masque anti-poussière ; un sifflet, de la ficelle, des allumettes, etc.

Ce sac à désastre, se jura Colin, serait son inséparable compagnon. Il resterait toujours à ses côtés, dans la maison comme au-dehors ; il le suivrait même à l'école, et surtout au lit, car il avait remarqué que la plupart des catastrophes semblaient se produire la nuit.

Le travail de son père procurait un autre sujet d'inquiétude à Colin. M. Laird était employé à Moorscale, la centrale atomique, dont le mur d'enceinte ne se trouvait qu'à trois ou quatre dérisoires kilomètres de la maison. Non que M. Laird en semblât particulièrement affecté ; en fait, c'étaient sa bonne humeur constante et son optimisme excessif qui chagrinaient Colin. De toute évidence, Papa s'efforçait de profiter des joies de la vie avant qu'il ne soit trop tard.

Quant à la maman de Colin, elle était infirmière à l'hôpital local et, à en juger par les affreux récits qu'elle rapportait le soir au dîner (épidémie de salmonelle, carambolage sanglant sur l'autoroute et autres), elle aurait sans doute approuvé cette idée de sac à désastre. Mais comme elle croyait que Colin avait ouvert un livret de caisse d'épargne junior avec l'argent de son anniversaire, le projet devait rester secret.

Lorsque le sac à désastre fut enfin prêt, Colin éprouva un grand soulagement. Maintenant, enfin, il pouvait se raccrocher à quelque chose dans un monde plein d'incertitudes et de dangers. Le sac était comme un talisman qui lui permettrait de survivre en toute sécurité jusqu'à l'âge adulte... ou du moins jusqu'à l'année prochaine.

Cependant, la première fois que Colin emporta son sac à l'école, il découvrit que celui-ci ne présentait pas que des avantages.

Pour commencer, le sac était lourd. Ajouté au poids de ses livres de classe, son déjeuner, sa tenue de foot, sa blouse pour l'atelier de menuiserie, une étagère à épices à moitié finie, son violon, ses partitions de musique et son projet pour le cours d'histoire (un casque romain en carton, mal collé), ça faisait un sacré fardeau qui ne facilitait pas la marche. Et comme en plus il tombait une pluie acide, Colin arriva en classe complètement trempé. (Peut-être ajouterait-il un parapluie à sa collection d'articles de survie ?)

Un autre problème venait du fait que le sac attirait un peu trop l'attention.

— Hé, Col, qu'est-ce que tu as mis là-dedans ? Ta tenue de Batman ?

— Il s'est inscrit à une randonnée pédestre !

— Non, il est en route pour noyer son chat !

— Peut-être que le chat est déjà mort ! On peut jeter un coup d'œil, Col ?

Il eut de la chance de parvenir à sa place avec son secret encore intact. Il cacha le sac sous son pupitre, à côté de son pied gauche, là où il pouvait lui donner un petit coup de pied rassurant chaque fois qu'un avion rasait d'un peu trop près le toit de l'école, ou que les sirènes des voitures de police se mettaient à brailler sur la route, là dehors. Malgré tout, c'était très réconfortant.

La première leçon de la journée était le cours d'histoire de M. Stibson, qui se révéla d'humeur sarcastique. Le professeur fit le tour de la classe en examinant divers projets et en se livrant à des commentaires pleins de causticité.

— Nous sommes censés étudier les Romains, pas les Romanichels, Smith !

— C'est un gladiateur, ça, Jackson, ou le portrait de ta grand-mère ?

Bien avant que M. Stibson n'atteigne le pupitre de Colin, son regard se posa sur le casque romain cabossé.

— Alors, Laird, que nous proposes-tu ? Un moule à charlotte ? File sur l'estrade et montre-le à la classe, mon garçon, que tout le monde puisse en profiter !

— Le vieux schnoque est en forme, ce matin ! chuchota quelqu'un tandis que gloussements et ricanements fusaient de tous côtés.

Le pauvre Colin se leva tant bien que mal, étreignant la monstruosité de carton, et dans son embarras, il oublia de regarder où il mettait les pieds. L'un d'eux se prit dans la bretelle du sac à désastre, et Colin s'étala par terre en écrasant sous lui le casque romain, qui devint une galette méconnaissable.

Des vagues d'hilarité assaillirent ses oreilles, et la voix de Stibson s'éleva comme une corne de brume sur l'océan de son infortune.

— Je me demande si tu l'as remarqué, Laird, mais où que tu ailles et quoi que tu fasses, le désastre t'attend toujours au tournant !

— Oh oui, m'sieu ! acquiesça lugubrement Colin.

Peut-être que le sac à désastre allait devenir plus gênant que secourable, en fin de compte. Mais devoir s'en séparer lui semblait trop épouvantable. Car comment pouvait-on affronter l'avenir sans y être totalement préparé ?

Ce soir-là, le journal télévisé montra une ville mexicaine dont les égouts avaient explosé à la suite d'une accumulation de gaz toxique, projetant les voitures, les autobus, les bâtiments et les habitants dans tous les azimuts. On voyait çà et là des gouffres béants, des ruines fumantes, et les sauveteurs farfouillaient à mains nues parmi les décombres, essayant de trouver ceux qui étaient enterrés dessous. C'était pire qu'un tremblement de terre, un ouragan et une éruption volcanique réunis.

Cette information venait à point pour renforcer Colin dans sa résolution d'ignorer les sarcasmes et les moqueries de ses camarades. Ils avaient sans doute deviné ce qu'il y avait dans son sac, et ils étaient jaloux. Car s'ils avaient été enterrés, *eux*, sous ces décombres mexicains, ils auraient été drôlement contents de pouvoir compter sur un sac à désastre.

Par un hasard extraordinaire, des ouvriers s'étaient mis à creuser ces jours-ci le long de la route menant à l'école pour réparer le système d'égouts défectueux. Supposons qu'ils aient attendu trop longtemps ? Et que l'école s'effondre sous terre, et toute la ville par-dessus ? Colin s'imagina piégé sous un gratte-ciel en ruine, mais, Dieu merci, encore en train de respirer à travers son masque anti-poussière. Il était là, à plat ventre, et repérait dans son sac à désastre, à la lueur de sa torche électrique, les rations vitales de nourriture et d'eau qui lui donneraient la force de se servir de son sifflet pour guider ses sauveteurs ; en attendant ces derniers, il soignait ses blessures grâce à sa trousse de première urgence et creusait des trous d'aération à l'aide de son couteau suisse. C'était une vision réconfortante.

Donc, malgré un mauvais départ, Colin Laird et son sac à désastre devinrent inséparables. Pendant une bonne semaine, à l'école, ils défièrent le ridicule et les règles établies. Ils se payèrent même ensemble une paisible balade autour du parc le samedi après-midi (parce qu'on ne savait jamais quand la terre risquait de s'ouvrir sous vos pas, ou si un missile Scud perdu n'allait pas venir se planter entre vos épaules).

Pourtant, ainsi le voulut le destin, c'est en cette occasion que Colin rencontra Becky Briggs, la fille qui allait le séparer de son sac et déclencher la plus grande menace qu'il ait jamais connue.

CHAPITRE II

DISTRACTION FATALE

Ce samedi-là, Becky Briggs, qui avait l'âge de Colin et fréquentait la même école, donnait dans la défense de l'environnement. Vêtue de ses plus vieilles nippes et arborant une paire de gants de jardinage qui appartenait à sa mère, elle trimballait deux grands sacs-poubelle en plastique. Dans l'un d'eux, elle mettait tout le papier recyclable qu'elle pouvait trouver, et dans l'autre, toutes les canettes d'aluminium vides que les pique-niqueurs mal dégrossis jetaient n'importe où.

Colin et Becky tombèrent nez à nez sur un chemin en bordure du lac.

Becky regarda le sac à désastre.

— C'est pour ramasser les ordures, ou tu pars en vacances ? demanda-t-elle effrontément.

Colin, à qui les reparties spirituelles ne venaient qu'avec une demi-heure de retard, décida de l'ignorer. Il se contenta de poursuivre son chemin, mais Becky tourna les talons et lui emboîta le pas.

— Tu sais ce que je fais ? Je nettoie le monde. Regarde-moi ce parc ! Déchets et pollution partout, et vous êtes en partie responsables, vous autres. S'il n'existait pas des gens comme moi, nous n'aurions plus de matières premières, et nous serions tous en train de suffoquer et de nous débattre sous des tonnes d'ordures puantes !

Colin s'arrêta net et devint pâle d'effroi à l'idée de ce nouveau cauchemar. Un dessin animé horrifique fut instantanément projeté dans son esprit. Il n'avait pas encore envisagé la possibilité de *disparaître complètement* sous des détritus. Ma parole, on risquait même d'attraper la peste ! Ce devait être mille fois pire que de rester coincé sous de bons décombres bien propres, d'où l'on avait vu des gens ressortir au bout de trois ou quatre

jours avec rien de plus que quelques égratignures.

— Alors, tu vas faire quelque chose, au lieu de rester là, bouche ouverte ? poursuivit Becky. Tiens, prends un de ces sacs et aide-moi.

Avant qu'il ne sache ce qui lui arrivait, elle lui fourra dans la main le sac en plastique réservé aux papiers. Puis elle ôta son gant gauche et le lui offrit généreusement.

— Mais je n'ai pas la tenue qu'il faut ! protesta faiblement Colin en jetant un regard anxieux sur son jean tout neuf et ses baskets blanches.

Becky balaya cette objection.

— Si tout le monde disait la même chose, comment crois-tu que tout ça finirait ? L'humanité irait droit au désastre.

À ces mots, Colin frissonna. Si quelqu'un pouvait parler de désastre, c'était bien lui ; il avait étudié la question à fond. Par exemple, il venait juste d'imaginer un autre scénario ! Supposons que personne ne ramasse les canettes, et qu'elles rouillent sous la pluie, et qu'il glisse et tombe sur l'une d'elles, et se blesse au genou et attrape le tétanos ? Et ensuite, supposons qu'il n'y ait plus de papier dans le monde, et que le docteur ne puisse écrire la précieuse ordonnance qui lui sauverait la vie ?

— D'accord, soupira-t-il. Je peux t'accorder une demi-heure.

Il retourna le gant de la maman de Becky et l'enfila à sa main droite, de sorte que son pouce semblait soudain pointer dans la mauvaise direction. Il agita les doigts pour avoir une meilleure prise, puis regarda autour de lui et chercha ce qu'il pourrait ramasser.

Éparpillés sur le gazon, il y avait une dizaine de tracts politiques froissés, et il décida de commencer par ça. Mais chaque fois qu'il se baissait pour en cueillir un, son sac à désastre, qu'il portait sur le dos, se balançait et venait lui cogner les reins.

— Pourquoi ne pas te débarrasser de ce machin ? demanda finalement Becky. Tu serais beaucoup plus à l'aise.

— Jamais de la vie ! Quelqu'un pourrait me le piquer.

— Qu'est-ce qu'il y a dedans ? Les joyaux de la couronne ?

Colin se redressa.

— Ce sac ne me quitte jamais, dit-il d'un air important. Pour moi, il signifie toute la différence entre la vie et la mort.

Becky fit une grimace moqueuse.

— Ooooh, je suis très impressionnée, pour sûr ! En tout cas, même s'il contient un gilet pare-balles et un masque à gaz, tu ne risques pas grand-chose à le poser dans l'herbe quelques minutes. Si tu le gardes à tes pieds et que tu le fais avancer en même temps que toi, je ne vois pas où est le problème.

Pour être honnête, Colin ne le voyait pas non plus, quand Becky présentait les choses ainsi.

Donc, comme son dos commençait à être passablement meurtri, il fit ce que Becky suggérait. Il posa le sac à ses côtés, dans l'intention de le traîner derrière lui au fur et à mesure qu'il se déplaçait.

Pendant un moment, il le surveilla du coin de l'œil, se retournant toutes les deux secondes pour s'assurer que le sac était encore là.

Puis il commença à prendre sa tâche à cœur. Il remarqua un grand journal étalé sur un banc, à quelques mètres, et courut le ramasser. Cela le mena ensuite à un magazine trempé de rosée qui avait été jeté sous un

arbre ; et à peine avait-il saisi ce dernier qu'il repéra un livre de poche abandonné au pied d'un mur. Ma parole, il y avait assez de vieux papier dans ce parc pour sauver une dizaine de forêts tropicales !

Colin prenait maintenant plaisir à ce qu'il faisait, il se sentait utile et vertueux, et plus montait son enthousiasme, plus il oubliait de revenir sur ses pas pour récupérer le sac à désastre. Très vite, ce dernier se trouva loin derrière lui. Et bien sûr, cela revenait à tenter le mauvais sort — qui ne tarda pas à se manifester sournoisement sous les traits d'une terroriste nommée Ruby Rugg.

CHAPITRE III

MACHINATION TERRORISTE

Ruby Rugg était une fieffée canaille, bien qu'elle n'en eût pas l'apparence. À première vue, on pouvait la classer parmi les ménagères un peu négligées d'âge moyen. Mais sous cet extérieur insignifiant battait le cœur d'une fanatique, d'une militante déterminée à frapper aveuglément pour défendre des principes obscurs, quel que fût le tort causé aux gens. Elle avait commencé par haranguer la foule dans divers lieux publics, puis organisé et dirigé plusieurs manifestations et autres marches contestataires. Arrêtée à deux reprises pour avoir assommé des policiers avec le manche de sa bannière, elle venait à présent de passer au stade supérieur et mortellement dangereux des bombes fabrication maison. En fait, à ce moment précis, elle transportait une bombe de ce type dans la poche profonde de son informe pardessus ; une bombe destinée à faire sauter les toilettes pour dames de l'Hôtel de Ville.

La police préférait fermer les yeux sur les activités de Ruby pour l'instant. Pourtant, l'agent Duckett était en train de la suivre le long de la grande rue. Il la prenait par erreur pour une kleptomane notoire qui lui avait échappé trois fois de suite sur ce même trottoir. Cette fois, il était bien décidé à ne pas la laisser filer. Ce qui se cachait au fond de cette grande poche avide serait bientôt répertorié sur le bureau du commissaire. En vérité, l'agent Duckett voyait la médaille du mérite se précipiter vers lui à chaque pas.

Mais Ruby était elle aussi sur le qui-vive, et promenait çà et là des yeux fureteurs. Il ne lui fallut pas longtemps pour se rendre compte qu'elle était suivie ; sur quoi elle changea immédiatement de direction, s'éloigna de l'Hôtel de Ville, franchit les grilles du parc et s'élança dans une allée, à petites foulées déterminées. Dans son pardessus encombrant elle n'avait pas exactement l'air d'une joggeuse, mais

après tout, il n'existait pas de loi précisant ce que les joggeurs devaient porter. Le menton haut, les épaules baissées, les genoux s'agitant comme des pistons, Ruby courait bon train.

De même faisait l'agent Duckett dans sa poursuite échevelée, et bien que Ruby fût en meilleure forme que lui, elle songea qu'elle n'allait pas pouvoir maintenir ce rythme éternellement. Ce maudit pardessus la ralentissait, sa capture n'était que l'affaire d'une seconde. Il valait donc mieux se débarrasser de la bombe pour un petit moment, et si possible *maintenant*, pendant qu'elle avait encore assez d'avance. Ainsi, l'agent ne remarquerait pas ce qu'elle manigançait.

Une poubelle aurait été idéale pour cet abandon temporaire, mais hélas ! les conseillers municipaux avaient fait enlever toutes les poubelles du parc, et mis à la place des pancartes sur lesquelles on lisait : EMPORTEZ VOS DÉTRITUS CHEZ VOUS, S'IL VOUS PLAÎT.

Ruby commençait à s'inquiéter quand elle repéra la cachette parfaite.

Il y avait deux gamins occupés à ramasser des détritus au bord du lac, et derrière eux, gisant sur l'herbe, un sac à dos qui devait appartenir à l'un d'eux. Les enfants étaient si absorbés par leur tâche qu'ils allaient probablement s'attarder sur les lieux. Emprunter ce sac à dos quelques minutes valait bien le risque.

D'un mouvement preste, Ruby subtilisa le sac à désastre de Colin et l'emporta dans les fourrés. Là, elle examina son contenu, en retira avec satisfaction un carton de lait longue conservation, et lui substitua la bombe, qui avait à peu près la même dimension. Puis elle enfouit le carton de lait dans sa grande poche, retourna poser le sac à désastre où elle l'avait trouvé, s'éloigna de quelques mètres en joggant et s'assit sur un banc. De là où elle était, elle pouvait garder un œil sur le sac.

Outre ses autres talents, Ruby était une actrice consommée. Quand l'agent Duckett la rattrapa, elle examinait d'un air naïf et déconcerté l'inscription OUVRIR ICI du carton de lait. Et pour bien montrer à l'agent qu'il s'agissait vraiment de lait, et pas d'une bombe, elle lui demanda timidement de l'aider à l'ouvrir.

Pendant ce temps, Colin, toujours porté par l'élan antidétritus, avait ramassé sans y prendre garde un illustré froissé qui contenait une mixture gluante de glace au chocolat fondue, soda et miettes de biscuit. Avant de comprendre ce qu'il venait de faire, il vit cette saleté dégoulinante se répandre sur son gant et sur la manche de sa veste.

Beurk !

En secouant violemment le bras, Colin se débarrassa du gant et le laissa choir à terre. Puis il arracha une poignée d'herbe et se mit à en frictionner sa manche. Dieu seul savait quel horrible virus il venait d'attraper !

Baissant soudain les yeux, il constata que l'indescriptible purée avait également

taché son jean tout neuf et ses baskets blanches. Son dégoût céda la place à de la colère.

— Ah, non ! cria-t-il à Becky. Ça suffit ! Je m'en vais !

Becky jeta un coup d'œil sur sa montre.

— Tu as travaillé un quart d'heure à peine !

— Eh bien, c'était un quart d'heure de trop ! Regarde dans quel état je me suis mis !

Complètement écœuré par toute la race humaine, Colin saisit le sac à désastre et rentra dignement chez lui. De toute façon, c'était l'heure du goûter.

CHAPITRE IV

UNE ÉPOUVANTABLE MÉPRISE

Avec un sourire en coin, Ruby Rugg regarda l'agent s'éloigner en essuyant la traînée de lait qui maculait le devant de sa vareuse.

Jusqu'ici, tout avait marché comme sur des roulettes !

Dès qu'il fut hors de vue, elle bondit de son banc, pressée de récupérer sa bombe dans le sac à dos. Grande fut sa surprise quand elle découvrit que celui-ci s'était volatilisé. Elle ne l'avait quitté des yeux que quelques secondes !

Inutile de s'affoler. Tout n'était pas encore perdu. Le sac à dos devait appartenir au garçon, qu'on ne voyait plus nulle part. Mais sa petite amie était encore là.

S'efforçant de paraître amicale et décontractée, Ruby afficha un sourire épanoui et trottina jusqu'à la fille.

— Mon Dieu, mon Dieu ! Tu travailles dur ! C'est réconfortant de voir quelqu'un ramasser les déchets au lieu d'en jeter. Tu dois être quelqu'un qui se préoccupe vraiment de l'état de la planète. Si seulement il y avait plus de gens comme toi !

Becky ne répondit pas, et rien ne prouvait d'ailleurs qu'elle avait entendu. Peut-être était-elle sourde ?

— Je vois que ton ami t'a laissé tout le travail, poursuivit Ruby un ton plus haut.

Toujours pas de réponse.

— Il y avait bien un garçon qui travaillait avec toi, non ? insista innocemment Ruby. Celui avec le sac à dos. Bien sûr, les garçons n'ont pas la même endurance que les filles. Il est sans doute rentré chez lui manger quelque chose. Mais il se peut qu'il revienne plus tard, s'il habite près du parc.

Becky se redressa, une canette écrasée à la main. Elle dévisagea Ruby d'un regard calculateur : allait-elle jeter la canette à la tête de cette personne trop curieuse, ou la lui enfoncer dans le gosier ? Les enfants ne sont pas

censés parler aux inconnus. Tout le monde sait ça, non ?

Ruby dut lire dans ses pensées, car elle poussa un soupir et expliqua :

— Écoute, mon chou, je ne suis pas quelque sinistre kidnappeuse, je ne suis qu'une femme ordinaire qui s'intéresse à l'environnement (ma foi, ce dernier détail au moins était vrai). Pour tout dire, j'ai l'intention d'écrire un article sur le problème des déchets en Grande-Bretagne, et en vous voyant tous les deux si concernés par le sujet, j'ai pensé que ce serait une bonne idée de vous interviewer. Je prévois même de tourner un film...

Becky lui tourna délibérément le dos.

Ne captant toujours pas le message, Ruby continua de l'importuner. Elle se proposa de poser à Becky quelques questions pour son article, comme par exemple pourquoi elle s'intéressait tant aux détritus, combien de temps elle consacrait à leur ramassage, etc.

— Et ensuite, tu pourras me dire où habite ton petit copain, et j'irai le voir chez lui.

« Cause toujours », songea Becky.

Elle avait été interviewée un jour par le journal local, pour avoir gagné le concours de saut en hauteur à la fête sportive de l'école.

En cette occasion, elle avait dû parler dans un petit magnétophone, et elle voyait bien que Ruby ne transportait pas ce genre d'article sur elle. Toute cette affaire semblait drôlement douteuse.

Par chance, un des gardiens du parc venait juste d'émerger du jardin des roses, et Becky courut jusqu'à lui.

— Hé, m'sieu ! Il y a une bonne femme qui m'embête.

Le gardien la regarda d'un air soupçonneux.

— Quelle femme ?

— Une inconnue. Je ne l'ai jamais vue de ma vie. Elle prétend être une espèce de journaliste. C'est faux, elle n'a même pas un crayon sur elle !

— Où est-elle ?

— Là-bas !

Mais quand Becky se retourna, la femme avait disparu.

Bon, au moins, elle était partie, et Becky en fut soulagée. Le gardien n'eut pas l'air très content, lui, et il accusa la fillette de se moquer de lui.

— Tu ne devrais pas te balader en inventant des histoires comme ça. Tu as déjà entendu parler du petit garçon qui criait au loup ? Un jour, tu pourrais avoir vraiment besoin d'aide, et alors, j'aurais du mal à te croire, pas vrai ?

Becky était furieuse. Quelle idée de lui parler sur ce ton, après tout le nettoyage qu'elle avait effectué dans son vieux parc pourri ! Elle avait bien envie de renverser par terre tout le contenu de ses deux sacs-poubelle — mais bien sûr elle ne le fit pas ; le problème des déchets du monde était le cauchemar personnel de Becky. Toutefois, jugeant que sa patience avait été suffisamment mise à l'épreuve pour la journée, elle résolut de rentrer chez elle.

Cette décision n'allait pas arranger les affaires de Ruby Rugg. Car quoique Ruby suivît Becky à distance respectueuse, Becky habitait un quartier carrément opposé à celui de Colin, à l'autre bout de la ville. De plus, elle n'avait pas la moindre intention de le revoir avant l'école, c'est-à-dire lundi. Et même sous la torture, Becky n'aurait été d'aucun secours à Ruby, étant donné qu'elle ignorait l'adresse de Colin. Ruby Rugg s'apprêtait donc à passer un samedi soir plein de frustration et d'anxiété. Ses plans avaient été soigneusement établis, avec l'intention de tuer aussi peu de gens que possible ; c'est pourquoi son choix s'était porté sur les toilettes de l'Hôtel de Ville un dimanche — le bâtiment demeurant fermé au public ce jour-là. Mais à présent, avec une bombe égarée dans la nature, tout pouvait arriver. Si elle n'y prenait pas garde, elle-même finirait peut-être par voler en éclats ! Il lui fallait récupérer cette bombe avant qu'il ne soit trop tard !

Le dimanche matin, Colin se leva de bonne heure, car il devait aller aider son grand-père à travailler dans son jardin. C'était quelque chose qu'il aimait bien faire, en particulier parce que Grand-Papa le laissait goûter tout ce qui poussait au milieu des ronces — groseilles, petits pois, tomates, céleri, fraises, pommes et poires… Ce vieux jardin à moitié en friche était un véritable pays des merveilles.

Néanmoins, quand Colin descendit déjeuner, il posa son sac à désastre bien en évidence sur la commode de l'entrée, prêt à le cueillir au passage en sortant. Même le jardin de grand-père n'était pas à l'abri d'une éventuelle catastrophe. Une revue de jardinage n'avait-elle pas étalé récemment des horreurs telles que de la rhubarbe radioactive, et des pucerons mutants carnivores, gros comme des perroquets ?

Colin versa une poignée de Rice-Crispies dans un bol et entama son déjeuner. Mais à peine avait-il avalé sa première cuillerée que le téléphone se mit à sonner. Ce fut sa mère qui répondit, son père étant dehors en train de laver la voiture.

Colin devina au ton de sa mère que quelque chose allait de travers. Il comprit que l'appel émanait du patron de Papa, qui demandait si M. Laird pouvait venir travailler aujourd'hui parce qu'il y avait une sorte de pépin à la centrale atomique Moorscale.

— Un pépin ?

À ce seul mot, Colin devint tout pâle.

— Eh bien, dans ce cas, je suppose qu'il faut qu'il y aille, admit Mme Laird à contre-cœur.

Elle reposa l'appareil et marmonna entre ses dents que son mari travaillait déjà suffisamment. Il avait effectué neuf heures supplémentaires cette semaine : comment pouvait-on

41

demander aux gens de vous donner le meilleur d'eux-mêmes s'ils étaient tout le temps fatigués ? C'est comme ça qu'arrivaient les accidents, et elle le savait mieux que quiconque. Tous ses instincts d'infirmière lui disaient à quel point son mari avait besoin de son jour de repos mais, naturellement, elle dut tout de même lui transmettre le message. Puis elle extériorisa son ressentiment en découpant férocement le pain destiné aux sandwichs que son mari emporterait au travail.

Elle rangea les sandwichs dans une boîte en plastique, mit la boîte dans le sac à dos de M. Laird, y ajouta une pomme et une tranche de cake aux cerises, et alla poser le sac sur la commode de l'entrée.

M. Laird n'était pas très enthousiaste non plus à l'idée de perdre sa journée de repos, mais les employés de Moorscale ne discutaient pas les ordres. Sifflotant gaillardement comme toujours, il se prépara à partir.

— Bon, salut la compagnie, alors ! Je vous verrai quand je vous verrai ! s'écria-t-il.

Il jeta le sac à dos contenant son déjeuner sur la banquette avant de sa voiture, ainsi que sa veste et son journal, et démarra. Le véhicule à moitié lavé était encore dégoulinant.

Cinq minutes plus tard, Colin s'apprêta également à partir pour le jardin de son grand-père. Mais quand il prit ce qu'il pensait être son sac à désastre, il le jugea plus léger que d'ordinaire. Il regarda à l'intérieur — et trouva le déjeuner de son père !

CHAPITRE V

KIDNAPPING !

— Maman, regarde ! cria Becky Briggs à sa mère. Cette bonne femme est encore là dehors !

— Quelle bonne femme ?

— Celle dont je t'ai parlé ; celle qui m'a suivie depuis le parc hier après-midi. Elle traînait encore devant la maison quand je me suis couchée le soir. Je l'ai remarquée en tirant les rideaux.

Mme Briggs jeta un coup d'œil par la fenêtre et ne vit personne.

— Tais-toi donc, Becky ! Ton imagination te joue des tours !

— Je t'assure que non !

Becky regarda de nouveau au-dehors et constata que la femme avait disparu.

— Je parie qu'elle est allée se cacher au coin de la rue parce qu'elle nous a vues la regarder.

— Ne dis pas de bêtises ! Les gens ne font ça que dans les romans d'espionnage. Tu es toujours en train d'inventer des histoires. Je me demande où tu vas chercher tout ça !

— C'est la vérité, Maman ! Il me semble qu'elle en a après un garçon de notre école appelé Colin Laird. Elle croit que je suis son amie, mais ce n'est pas le cas. Il ne faisait que m'aider à ramasser des détritus dans le parc.

Mme Briggs résolut de mettre un terme définitif à ces fariboles. Avec un petit sourire rusé, elle annonça :

— Eh bien, si quelqu'un te suit dans la rue, il vaut mieux que tu restes à la maison aujourd'hui. Tu ne voudrais pas qu'on te kidnappe, et que Papa soit obligé de trouver un million de livres sterling pour payer ta rançon, n'est-ce pas ?

Le visage de Becky exprima la consternation.

— Rester à la maison ? Oh, Maman ! Tu m'avais permis d'aller chez Sandra ce matin. Elle a un nouveau jeu vidéo !

— Alors, arrête de raconter des idioties. Ton problème, c'est que tu cherches toujours à attirer l'attention. Tu te rappelles le jour où tu as téléphoné aux pompiers en criant que notre garage était en feu, alors qu'il s'agissait des mauvaises herbes que notre voisin brûlait dans son jardin ?

— Mais, Maman, j'étais seule à la maison cet après-midi-là, et si elle avait pris feu pour de bon, tu n'aurais pas fini d'en parler !

— Tu dramatises tout, ma fille, sans tenir compte des conséquences pour ton entourage !

Becky poussa un soupir.

— Bon, d'accord, admettons que je me sois trompée à propos de l'incendie — *et* de cette femme. Si je le reconnais, et que je dis que je regrette, je peux aller chez Sandra ?

— Oh, vas-y, et qu'on en finisse ! Et sois de retour à midi pile, hein ? Pas une minute de plus.

Mme Briggs eut l'impression qu'elle venait de remporter une belle victoire.

Becky traversa l'allée du jardin au galop et déboucha dans la rue. Elle tourna la tête des deux côtés, au cas où la femme rôderait encore dans les parages, et ne vit personne. Peut-être imaginait-elle *vraiment* des choses ?

Avec tous les soucis que lui donnait la propreté de l'environnement, son cerveau devait être un peu surmené, ces temps-ci. La preuve, c'est que pas plus tard que cette nuit, elle avait fait un drôle de rêve. Elle se tenait au milieu de la cuisine, enfoncée jusqu'au cou dans un monceau d'ordures pourries, et incapable de bouger, alors qu'un rat gros comme un lapin la fixait de ses yeux injectés de sang, prêt à lui sauter à la gorge…

Oui, mais Becky n'avait *pas* imaginé Ruby Rugg ! À présent au comble de l'énervement, la terroriste était bien là, tapie dans l'encoignure d'une porte, attendant que la fillette se décide à sortir.

À la minute où Becky tournait au coin de la rue, une main en forme de serre s'abattit sur son épaule. Et avant que la pauvre fillette ne comprenne ce qui lui arrivait, elle était propulsée sans ménagement dans la voiture que Ruby Rugg avait louée moins d'une heure auparavant.

— Désolée, mon chou, mais c'est une question de vie ou de mort ! déclara Ruby d'un air sombre, tout en démarrant sur les chapeaux de roues. Il va falloir que tu me

dises où trouver ton petit ami, sans quoi nous aurons toutes les deux un fameux désastre sur la conscience !

Serrant contre lui le sac qui contenait les sandwichs de son père, Colin courait vers la centrale atomique Moorscale. Ce qui le préoccupait, ce n'était pas tant le fait que M. Laird allait être privé de déjeuner que celui d'être séparé de son sac à désastre. Désormais, celuici était devenu partie intégrante de sa personne, presque comme un membre supplémentaire. Il lui manquait déjà terriblement.

Colin sentait depuis longtemps qu'il devait être une espèce de voyant, car des prémonitions bizarres venaient souvent lui hanter l'esprit. Par exemple, le jour de la fête sportive à l'école, il avait su avant même de prendre le départ que la barre du saut en hauteur allait lui cogner l'estomac. Et une autre fois, réveillé en pleine nuit par une étrange angoisse, il était descendu à la cuisine pour trouver le robinet de l'évier en train de couler, et l'eau qui commençait à déborder sur le carrelage. Il avait sauvé toute la famille de la noyade en un clin d'œil ! Eh bien, juste en ce moment, il éprouvait le sentiment funeste que cette journée serait à marquer d'une pierre noire ; quelque chose de terrible allait se produire, et il était là, totalement sans défense sans son sac à désastre. Il se mit à courir plus vite.

Une paire de gigantesques grilles en fer forgé fermait le mur d'enceinte de Moorscale, et dans un petit bâtiment de brique, juste au-delà de ces grilles, se tenait un personnage en uniforme que M. Laird appelait le « vieux Tom ».

— Personne ne passe devant le vieux Tom sans autorisation spéciale ! aimait à se vanter M. Laird. Personne ! Ni le Premier ministre ni même la reine d'Angleterre.

Oui, mais comme Colin était le fils d'un des employés très importants de Moorscale, le vieux Tom ferait sûrement une exception pour lui. D'ailleurs, il s'agissait d'une véritable urgence.

Dès qu'il approcha des grilles, tout pantelant, le vieux Tom s'avança pour l'interpeller.

— Alors, petit gars, où crois-tu aller comme ça ?

— Je veux voir Papa ! C'est urgent !

— Et c'est qui, ton Papa, hein ?

Colin le lui dit, et le nom ne sembla guère impressionner le vieux Tom, dont le visage se fit plus sévère.

— Le public n'a pas la permission de franchir ces grilles, sauf les jours d'ouverture ! Si ton Papa travaille réellement ici, tu devrais le savoir.

— Oui, je le sais, mais je lui ai apporté son déjeuner. Il l'a oublié. Il est là-dedans, regardez !

Colin commençait à défaire les boucles du sac à dos quand le vieux Tom l'arrêta d'un geste.

— Désolé, mon garçon, je ne peux rien pour toi. Je n'ai pas le droit de laisser passer quoi que ce soit au-delà de ces grilles. Sans

blague, il pourrait y avoir une bombe dans ton sac, et alors, où irions-nous, hé ?

— Ce ne sont que des sandwichs au fromage et au piccalilli, avec une pomme et un peu de cake. Vous n'avez qu'à les sortir et les examiner, si vous y tenez.

— Je ne peux pas faire ça, fiston ! Fouiller les gens, ce n'est pas mon travail. On ne me paie pas pour ce genre de responsabilité. De toute façon, ne t'inquiète pas, ton Papa trouvera toujours quelque chose à manger à la cantine. Il ne mourra pas de faim.

— Mais il a pris mon sac par erreur, et je voulais faire l'échange ! Vous ne pouvez pas lui demander de venir une minute, même si vous ne me laissez pas entrer ?

Là, le vieux Tom parut perdre patience.

— Écoute, je t'ai dit NON ! Ton Papa est occupé. Il n'a pas le temps de te courir après. Maintenant, fiche le camp avant que je m'énerve pour de bon.

— Mais…

— DU BALAI !

Définitivement vaincu, Colin s'éloigna, l'air misérable.

CHAPITRE VI

EST-CE LA FIN DU MONDE ?

À présent, le mauvais pressentiment de Colin se faisait de plus en plus envahissant. Il avait l'impression qu'une grande forme noire le suivait. Il jetait même des coups d'œil furtifs par-dessus son épaule pour essayer de la surprendre en train de planer derrière lui. Il en avait la chair de poule. Devait-il cette sensation au fait d'avoir perdu le sac à désastre, ou avait-il réellement développé une sorte de sixième sens ? Il faudrait qu'il demande à son grand-père si quelqu'un d'autre dans la famille avait des dons paranormaux.

Puis une chose surprenante arriva. Il était à mi-chemin de la maison de son grand-père quand une voiture le dépassa, freina dans un crissement de pneus assourdissant, et fit demi-tour pour venir à sa rencontre. Ce qui se produisit alors fut si prompt et si sensationnel que Colin n'eut pas l'occasion de réagir.

Une femme bondit de la voiture, lui arracha le sac à dos de son père, sauta de nouveau derrière le volant, poussa une fille hors du véhicule, et démarra à toute vitesse dans un deuxième crissement de pneus tout aussi bruyant.

La fille, qui n'était autre que Becky Briggs, semblait dans un état d'excitation extraordinaire.

— Colin ! Colin ! hurla-t-elle en se précipitant vers lui.

— Hé, qu'est-ce qui t'est arrivé ?

Colin prit Becky par le bras pour la ramener sur le trottoir, et fut très étonné de l'entendre répéter encore et encore qu'il venait de

l'échapper belle. Car il lui semblait que c'était Becky qui avait de la chance. Elle aurait pu se faire écraser, à jaillir d'une voiture et à gambader comme ça au beau milieu de la route. Supposons qu'un autre véhicule soit arrivé à toute allure derrière elle ?

— Que veux-tu dire, je l'ai échappé belle ?

— Tu te souviens hier, quand tu m'as aidée à ramasser les vieux papiers ? Il y avait cette drôle de bonne femme qui rôdait dans le coin. Eh bien, elle a mis une bombe dans ton sac pendant que tu regardais ailleurs. Une bombe ! Une vraie bombe ! Voilà pourquoi elle vient de t'arracher ton sac. Figure-toi que c'est une terroriste, et elle avait l'intention de faire sauter les toilettes de l'Hôtel de Ville. Elle a caché la bombe dans ton sac parce qu'un flic la pourchassait. Cette bombe est réglée pour sauter à midi aujourd'hui, et toi, tu te baladais avec, tu te rends compte ? Elle t'en a débarrassé juste à temps. Je tremble de la tête aux pieds rien que d'y penser !

Colin se mit à trembler aussi, et son teint devint aussi blanc qu'un pudding à la semoule.

— Elle dit qu'elle va devoir la désamorcer, maintenant, parce que l'Hôtel de Ville est fermé et qu'elle ne veut pas faire de victimes, seulement briser quelques lavabos. Et elle dit que ce n'est pas la peine de la dénoncer à la police parce que nous n'avons aucune preuve.

À ce point de son récit, une pensée terrifiante traversa l'esprit de Becky.

— Hé ! Et si elle ne la désamorce pas ? De toute façon, je suppose qu'une vraie terroriste ne voudrait pas gaspiller une bonne bombe après s'être donné le mal de la fabriquer.

Colin se sentait comme paralysé. Il avait du mal à assimiler ce que lui racontait Becky. Puis, tout à coup, la réalité le frappa de plein fouet.

— Une vraie BOMBE ?

À présent, il savait avec certitude pourquoi la forme noire l'avait suivi. Cette forme noire était la Mort ! Son père allait être pulvérisé dans un nuage de poussière, et toute la centrale atomique Moorscale avec lui. Dans un endroit comme Moorscale, même une petite explosion ne manquerait pas d'entraîner une réaction en chaîne. Le résultat dépasserait Tchernobyl, et de loin ! En fait, aujourd'hui, ce matin, ce matin même à midi pile, on assisterait probablement à la fin du monde !

CHAPITRE VII

QUELQU'UN VA-T-IL ENFIN
NOUS CROIRE ?

Le temps n'était plus aux cachotteries ! D'une voix bredouillante, Colin confia à Becky l'histoire du sac à désastre, et la méprise de son père.

Au début, Becky ne le crut pas.

— Tu as sans doute imaginé que ton père a pris ton sac à la place du sien, objecta-t-elle. Personne ne commettrait une erreur pareille. Si ton sac était beaucoup plus lourd, ton père l'aurait sûrement remarqué.

— Il était trop pressé. Normalement, il ne travaille pas aujourd'hui, mais on l'a convoqué à Moorscale à cause d'un petit pépin.

(Ma foi, ce petit pépin risquait de devenir un gros pépin !)

— J'ai essayé de récupérer mon sac, reprit Colin, mais je n'ai pas pu.

Il poursuivit en décrivant le vieux Tom et l'impossibilité de franchir son barrage.

— Et ce vieux Tom n'a pas fouillé le sac de ton père, quand il est entré dans la centrale ?

— On ne fouille pas le personnel.

Colin voulait donner l'impression que le travail de son père était important, bien qu'en toute honnêteté, il ignorât en quoi exactement ce travail consistait. Pour lui, M. Laird aurait pu être homme de ménage ou employé de bureau ou trieur de clous. (Tout de même, ils l'avaient fait venir pour une urgence.)

— Ce qui compte, c'est que mon père est en plein milieu de Moorscale avec mon sac à désastre ! Et qu'à midi, toute la centrale va sauter. Ce sera pire qu'Hiroshima ! gémit le pauvre garçon.

La perspective était si terrible qu'elle lui paralysait le cerveau. Il ne parvenait pas à prendre de décision, ses pieds restaient collés au sol.

Becky commençait à paniquer aussi. Colin semblait tellement persuadé de l'imminence du désastre qu'elle finit par le croire. Et comme il semblait également incapable de bouger, elle résolut de passer à l'action. Bon, la première chose à faire, c'était de retourner en courant à Moorscale et d'essayer de parler à quelqu'un.

Becky saisit Colin par le bras.

— Viens ! Il n'y a pas de temps à perdre.

Le vieux Tom était en train de refermer les grilles derrière une camionnette qui venait de pénétrer dans la centrale. Dès qu'il aperçut Colin, son front se rembrunit et ses sourcils se rejoignirent.

— Encore toi ? Je croyais t'avoir dit de déguerpir !

— Il y a une bombe dans le sac à déjeuner de mon père, haleta Colin. Elle est réglée pour sauter à midi.

— Ah, vraiment ? ricana le vieux Tom. Ne disais-tu pas que dans ce sac, il y avait des sandwichs au fromage et au piccalilli ?

— Oui, et c'était bien le cas. Mais je vous répète que Papa n'a pas pris le bon sac, et la bombe est dans celui qu'il a avec lui, maintenant.

— Je pensais qu'il avait *ton* sac.

— C'est exact. C'est dans mon sac que se trouve la bombe.

— Il dit la vérité ! renchérit loyalement Becky. Je le sais, parce que je viens d'être kidnappée par la femme qui a mis cette bombe dans ce sac.

Le vieux Tom pensa qu'il n'avait jamais entendu une pareille montagne de balivernes. Des bombes, des kidnappings, et quoi encore ? Les gamins ne savaient plus quoi inventer, de nos jours. En tout cas, ces deux-là n'allaient pas se payer sa tête et s'en tirer comme ça !

— Ça suffit ! rugit-il Si vous n'êtes pas hors de ma vue dans deux secondes, je prends vos têtes par une oreille et je les cogne l'une contre l'autre ! Peut-être que ça vous fera entrer un peu de bon sens dans la cervelle !

— Mais, monsieur…

— Ça va, Becky, n'insiste pas, soupira Colin. Il ne nous croira jamais. Nous perdons notre temps. Il faut prévenir la police.

C'était plus facile à dire qu'à faire. Ils voulurent appeler le commissariat en composant le 999 ; hélas, la cabine téléphonique la plus proche avait été vandalisée, et l'appareil gisait par terre en deux morceaux. Par chance, quelques minutes plus tard, ils rencontrèrent un agent ; mais tout en lui débitant leur histoire, ils se rendirent compte qu'ils parlaient

en pure perte. L'agent ne les croyait pas plus que le vieux Tom. Il les avertit sèchement que la police infligeait de fortes amendes aux enfants qui se moquaient d'elle, et qu'il valait mieux pour eux ne pas recommencer.

— Il avait l'air encore plus bouché que ton vieux Tom, marmonna Becky. Alors, que fait-on, maintenant ?

— Allons en parler à mon grand-père. Lui nous croira, j'en suis sûr. Sa maison n'est pas très loin. Il doit être dans son jardin.

Becky restait sceptique. De quelle utilité pouvait être un vieil homme dans son jardin ? Toutefois, elle n'avait pas de meilleure solution à proposer, et ils repartirent en courant.

Ils étaient presque en vue de la maison quand Becky s'arrêta net. Elle avait remarqué une voiture garée le long d'un terrain vague, à proximité. C'était une voiture qu'elle ne risquait pas d'oublier — la voiture dans laquelle Ruby Rugg l'avait kidnappée !

CHAPITRE VIII

DERNIER RECOURS

— C'est sa voiture ! cria Becky. Il faut aller lui raconter ce qui s'est passé ! Autrement, comment pourrait-elle désamorcer la bombe si elle ne sait pas où elle est ?

— La voiture est vide ! objecta Colin.

À vrai dire, il en éprouvait presque du soulagement, car il ne pensait pas qu'une authentique terroriste aurait accepté avec enthousiasme de se précipiter à Moorscale pour faire une confession publique. Il n'avait qu'un désir : trouver son grand-père et se décharger de l'entière responsabilité de ce cauchemar.

— Elle ne peut pas être bien loin, observa néanmoins Becky. Tu n'as qu'à rester ici, au cas où elle reviendrait. Moi, je vais partir à sa recherche, parce que je sais à quoi elle ressemble.

— Nous n'avons pas le temps ! protesta Colin. Ça nous prendrait des heures. Et de toute façon, même si tu la retrouves, tu sais bien que tu ne dois pas parler aux inconnus, et encore moins aux terroristes !

— Ceci est une urgence, au cas où tu l'aurais oublié !

— Urgence est bien le mot ! À coup sûr, elle sera furieuse contre nous à cause de tout ce méli-mélo, et alors, qui sait ce qui risque d'arriver ? Elle pourrait t'assassiner. Nous assassiner tous les deux…

Un silence rempli d'effroi suivit cette remarque.

— Ouais, reprit enfin Becky, elle a dit qu'elle ne voulait pas faire de mal à qui que ce soit, mais tout ça, c'est des bobards, pour commencer. Même si tu mets une bombe dans un bâtiment vide, que deviennent les gens qui passent dans le coin quand elle saute ? Il y a toujours des éclats de verre et autres trucs qui volent dans l'air. Ceux qui tripotent des explosifs sont carrément vicieux, on ne peut pas leur faire confiance. Mais il n'empêche qu'elle est la seule à savoir comment désamorcer cette bombe.

— Tu veux rire ! À quoi servent les spécialistes du déminage, à ton avis ?

Becky soupira.

— D'accord, tu as sans doute raison. Alors, où se trouve ce fameux Grand-Papa ?

Sitôt après avoir déposé le sac dans sa voiture, Ruby se demanda comment désamorcer la bombe. Elle avait une notice explicative là-dessus, quelque part. Il fallait espérer que l'opération de désamorçage se déroulerait rapidement, car le temps filait, et le moment fatidique de l'explosion se rapprochait de plus en plus. Elle chercha la notice dans ses poches, sans succès. Puis elle se demanda si elle ne l'avait pas mise dans la boîte à gants, ou laissée tomber sur le plancher du véhicule. Une fouille fiévreuse finit par apporter la preuve que la notice avait disparu. C'est alors seulement que Ruby se rappela l'avoir détruite — car en cas d'arrestation, ce genre de publication aurait constitué une pièce à conviction.

À présent, que faire ? Ruby se savait tout à fait incapable de désamorcer cette bombe sans quelques instructions. Après tout, elle manquait d'expérience, n'ayant jamais eu à faire face à ce genre de situation. Si elle essayait et échouait, le maudit engin risquait de lui sauter à la figure !

Quelle était l'alternative, alors ?

Eh bien… si elle ne pouvait pas désamorcer cette bombe, il fallait l'enterrer quelque part, là où elle avait le moins de chances de blesser qui que ce fût… y compris elle-même.

Elle appuya sur l'accélérateur et fonça frénétiquement sur la grand-route pour quitter la ville. Une fois en rase campagne, elle gara sa voiture, en sortit, et s'achemina le plus loin possible de la civilisation, berçant le sac dans ses bras avec autant de précaution que s'il

s'agissait d'un bébé endormi, et jetant des regards anxieux sur sa montre toutes les deux secondes. Bientôt, elle se retrouva au milieu d'un grand terrain en friche, envahi par les herbes folles, semé de ronces et de chardons, l'endroit le plus sauvage et le plus désolé qu'elle eût jamais vu. C'était l'emplacement idéal !

À toute allure, elle défit les boucles du sac à dos — et faillit s'évanouir quand elle découvrit qu'il ne contenait que des sandwichs et une pomme.

Qu'est-ce que ces deux gamins avaient fait de sa bombe ? Elle devait impérativement la retrouver !

Alors qu'elle retournait à sa voiture en courant comme une folle à travers champs, son pied glissa soudain au creux d'une ornière, et elle s'étala brutalement en se foulant la cheville. Elle resta là, affalée dans un fossé, hors de vue, gémissant de douleur et incapable de se relever. À présent, elle ne pouvait même plus donner l'alarme.

Harnaché d'un pulvérisateur, le grand-père de Colin vaporisait un produit sur ses roses pour chasser les pucerons.

— Ah, te voilà enfin ! dit-il avec un bon sourire. Je croyais que tu devais venir m'aider à désherber de bonne heure ce matin.

— Il est arrivé quelque chose, Grand-Papa ! lâcha Colin tout à trac.

Et il se lança dans son horrifiant récit.

Colin et son grand-père étaient les meilleurs amis du monde. En vérité, chacun considérait l'autre comme son membre de la famille préféré. Ils s'accordaient mutuellement une confiance absolue et partageaient toutes sortes de petits secrets. Colin savait, par exemple, que son grand-père n'avait pas arrêté de fumer, en dépit de ce qu'il laissait croire à ses proches, et qu'il aimait se cacher de temps à autre au fond du jardin pour savourer une bonne pipe. Et Grand-Papa savait que Colin avait été collé à deux reprises pour ne pas avoir fini ses devoirs.

Mais amis ou pas, il y a des limites à ce que les gens sont prêts à croire. L'histoire de la bombe semblait si tirée par les cheveux que Grand-papa ne la prit pas très au sérieux. Ce garçon avait sans doute mal compris les faits, et il en tirait des conclusions farfelues.

— Voici deux bêches ; une pour toi, une pour ton amie. Un peu de désherbage vous fera oublier vos soucis.

Colin agrippa le bras de son grand-père et le secoua désespérément.

— Mais, Grand-Papa, il faut nous croire ! Personne d'autre ne veut nous écouter. Tu es le seul qui nous reste, tu ne peux pas nous laisser tomber !

Grand-Papa hésita. Le jeune Colin et sa petite amie avaient certes l'air bouleversé, et Colin n'était pas du genre à inventer une his-

toire pareille. Ayant lui-même pris sa retraite pas plus tard que l'année dernière, après avoir travaillé toute sa vie à Moorscale, Grand-Papa n'ignorait pas les risques que représentait la centrale. Il savait aussi que beaucoup de gens critiquaient l'implantation d'une centrale atomique si près de leur maison, et qu'ils pouvaient manifester leur réprobation de bien des manières. Au fond, cette femme était peut-être une contestataire plus enragée que les autres.

— D'accord. Racontez-moi de nouveau toute l'histoire. Mais lentement, cette fois.

À eux deux, ils lui fournirent tous les détails requis. Becky réussit une description convaincante de Ruby et se rappela même le numéro de sa voiture.

Grand-Papa se caressait rêveusement le menton.

— Bon, supposons que je décide de passer un coup de fil à mon vieil ami Bob, à Moorscale ? Et supposons que je décide de lui parler de cette bombe ? Et supposons que Bob décide d'organiser une fouille, de donner l'alerte et de faire évacuer les lieux ? De quoi pensez-vous que j'aurai l'air, si tout ça n'est qu'un canular ?

— Ce n'est pas un canular ! s'écrièrent-ils à l'unisson.

— Tu seras un héros, Grand-Papa ! Tu auras sauvé des centaines de vies, y compris celle de Papa, parce qu'il a dû aller travailler ce matin !

Peut-être est-ce ce détail qui l'emporta ; quoi qu'il en soit, Grand-Papa résolut d'accorder aux enfants le bénéfice du doute. Abandonnant son pulvérisateur anti-pucerons, il saisit sa veste suspendue à une vieille grille rouillée, et rentra à la maison d'un pas vif, flanqué de Colin et de Becky.

CHAPITRE IX

UNE BELLE PRISE

Pendant ce temps, du côté de chez Becky, d'autres événements dramatiques se produisaient. Mme Briggs avait eu l'idée de regarder de nouveau par la fenêtre juste au moment où sa fille disparaissait dans la voiture de Ruby. Folle d'angoisse, elle n'eut que le temps de noter le numéro de la voiture avant de se ruer sur le téléphone pour prévenir la police.

— Ma fille vient d'être kidnappée ! Dépêchez-vous, faites quelque chose !

Les policiers arrivèrent rapidement sur les lieux et posèrent des tas de questions — ce que Mme Briggs considérait comme une perte de temps — avant qu'une voiture de police ne se lance à la poursuite de Ruby Rugg.

Il fallut un certain temps aux policiers pour retrouver la trace de la voiture abandonnée, car Ruby avait conduit comme une folle dans toutes les directions. Mais on la repéra enfin, et deux agents de police s'aventurèrent alors à pied à la recherche — du moins le croyaient-ils — d'une petite fille kidnappée.

Au lieu de quoi ils tombèrent sur Ruby Rugg qui étreignait sa cheville blessée et grognait de douleur. Malgré leur uniforme, Ruby sembla soulagée de les voir. Sans leur apparition inopinée, elle aurait pu rester coincée dans ce lieu désert pendant des jours. Mais le soulagement de Ruby venait d'une autre source. Elle avait fini par conclure que la carrière de terroriste dépassait ses compétences, et qu'il valait mieux tout avouer. En conséquence, elle se mit à baragouiner des histoires insensées de bombes, qui laissèrent les deux agents complètement stupéfaits. Ils étaient censés rechercher une fillette kidnappée ; personne ne leur avait parlé de bombes.

— C'est bon, c'est bon, calmez-vous ! Nous allons vous aider à remonter dans votre voiture, et vous pourrez faire une déposition en bonne et due forme plus tard.

Ils décidèrent d'emmener cette femme hystérique au commissariat, et de laisser leurs supérieurs tirer la situation au clair. De toute façon, il était midi moins dix, presque l'heure de la pause-déjeuner.

CHAPITRE X

L'HEURE FATALE

Grand-Papa mit longtemps à joindre le patron de la centrale Moorscale (son vieil ami Bob), lequel était occupé à résoudre un petit problème technique mineur. Mais le message réussit tout de même à passer, et l'état d'alerte fut immédiatement déclenché.

La sirène d'alarme mugit dans Moorscale. C'était un vacarme terrifiant, qui figea les gens sur place avant de les propulser dans tous les sens. Les événements s'accéléraient enfin, bien qu'il fût déjà midi moins dix. La bombe pouvait-elle être retrouvée et désamorcée en dix minutes ?

— Nous vous rappellerons dès qu'il y aura du nouveau, avait promis Bob à Grand-Papa.

— Bon, au moins, ils savent où la chercher, dit Grand-Papa pour réconforter les enfants inquiets. Ils iront tout droit jusqu'à ce sac à dos, ne vous en faites pas !

Après cinq minutes d'angoisse, le téléphone sonna. Becky et Colin échangèrent un regard affolé, et le cœur de Colin cessa momentanément de battre. Était-ce le coup de fil tant attendu ?

Non, ce n'était que la mère de Colin annonçant qu'on venait de lui demander de se rendre à l'hôpital sur-le-champ, et de se tenir prête au cas où des blessés arriveraient de Moorscale à la suite d'un mystérieux incident. Grand-Papa pouvait-il faire déjeuner Colin et le garder chez lui jusqu'à ce qu'elle passe le prendre ?

Cinq minutes de plus s'écoulèrent, lourdes comme du plomb, et la vieille pendule asthmatique sur la cheminée de Grand-Papa se mit à égrener les douze coups de midi.

Becky et Colin plongèrent sous la table. Colin se boucha les oreilles et ferma les yeux de toutes ses forces, torturé par l'absence de son sac à désastre, dont il aurait eu plus besoin à présent que jamais. Becky croisa les doigts et bredouilla une prière. Même Grand-Papa s'éloigna de la fenêtre, au cas où les vitres voleraient en éclats.

Mais aucune explosion ne se produisait. Le suspense devenait terrible.

À midi dix, après ce qui ressemblait à des siècles d'attente, Colin n'était plus le même garçon. Ces quelques minutes lui avaient donné tout le temps nécessaire pour réfléchir. Il se disait maintenant que s'il n'avait pas autant désiré un sac à désastre, il n'aurait jamais été mêlé à ces événements dramatiques. En somme, plus on prenait de précautions, et plus on s'attirait d'ennuis.

Le téléphone sonna enfin de nouveau, et l'ami de Grand-Papa, Bob, lui apprit que la bombe avait été trouvée.

— Tu parles d'une bombe ! ajouta-t-il en riant. Tu aurais dû voir ça ! Elle a sans doute été fabriquée par un amateur qui ne connaît rien aux explosifs. Pathétique ! Elle n'aurait pas délogé un papillon d'une pâquerette ! Mais tout de même, cette histoire nous a montré qu'il y a une lacune dans notre système de sécurité. Désormais, les sacs seront fouillés à l'entrée de l'usine. Je dois te remercier au moins pour ça !

— N'en parlons plus ! gloussa Grand-Papa, ravi et soulagé.

Il se pencha par-dessus la table pour transmettre la bonne nouvelle. La crise était passée, les enfants soulagés sortirent en rampant et se remirent debout.

— Ouf ! Quelle frousse j'ai eue ! avoua Becky à Colin. Tu sais, pendant que j'étais là-dessous, j'ai regretté de ne pas avoir un sac à désastre comme toi, juste au cas où ! J'ai compris que l'idée était géniale. Aucune personne sensée ne devrait s'en passer. Je vais commencer à économiser pour m'en payer un.

— Ne te donne pas cette peine, marmonna Colin. Tu peux avoir le mien.

— Mais… Et *toi*, qu'est-ce que tu feras ?

— Je prendrai des risques, comme tout le monde. On ne peut pas toujours se balader en redoutant le pire ; c'est assommant. Il y a certainement d'autres moyens d'utiliser notre énergie. En plus, j'aurais fini par ressembler au bossu de Notre-Dame. Ce maudit sac pèse une tonne !

— Surtout avec une bombe à l'intérieur ! renchérit Grand-Papa en riant.

TABLE DES MATIÈRES

Kid Pocket
a d'autres histoires à te proposer,

Tourne vite la page !

Des histoires pour rire

Les sœurcières
Roy Apps

Gégé et Lélé, les deux sœurcières grincheuses, sont au bout du rouleau. Depuis cent treize ans et quart, elles n'arrivent pas à concocter une potion vraiment diabolique ni à jeter un sort abominablement mauvais. Un jour, Gégé ouvre le journal et tombe sur l'horoscope de Madame Zaza Vamieux…

Le shérif à quatre pattes
Keith Brumpton

Il a mauvaise haleine, pour un rien il dégaine. Même les serpents en ont la trouille. Et les shérifs sont comme des nouilles ! À midi pile, le Putois et son gang des Pourris débarqueront à Trouille City. Comment la Gâchette, le shérif à quatre pattes, affrontera-t-il les plus sales bandits de tout le Far West ?

Tine Toeval se fait la malle
Guus Kuijer

Tine est complètement zinzin et adore faire le cochon pendu. Job ne sort jamais sans sa boîte à trésors et Bas, avec son nez qui coule tout le temps, rêve de vivre avec des animaux. Ils jouent tous les trois et se racontent des trucs jusqu'au jour où Tine lance une idée saugrenue : et si on se perdait ?…

Le chien qui souriait à l'envers
Jean-Marc Mathis et Dylan Pelot

Il était une fois un chien toujours de bonne humeur. D'un naturel joyeux, il souriait tout le temps… mais à l'envers. En le voyant, les gens l'évitaient. Ils avaient peur de lui. « Ce n'est pas ma faute, je suis né comme ça », expliquait le chien. Mais personne ne voulait l'entendre.

Des histoires d'Animaux

Wang, chat-tigre
Bernard Clavel

Wang est un adorable chat tigré, mais son maître le trouve trop petit. Le vétérinaire propose donc de lui donner des fortifiants. Wang s'empresse d'avaler toute la boîte. Le lendemain, il se réveille transformé en tigre très joueur mais un peu encombrant !

Le lapin de pain d'épice
Randall Jarrell

Une maman a confectionné pour sa petite fille un lapin-gâteau vraiment pas comme les autres : la peur d'être mangé le pousse à fuir dans la forêt. La maman le poursuit. Quelle histoire !…

Gare aux éléphants !
Ulf Nilsson

Max doit remplacer ses parents pour tenir leur boutique d'animaux. À une journaliste, il raconte qu'il accepte de garder en pension tous les animaux, quels qu'ils soient. Celle-ci le prend au mot et fait passer le message dans son journal.

Vincent, le chien terriblement jaune
Pierre Pelot et Dylan Pelot

Vincent, le chien très très jaune, n'a jamais l'air content. Il déteste la salade de nouilles, râle après les mouches, peste contre les jeux télévisés. Mais sous sa mauvaise humeur, il cache une âme d'artiste. Il n'a qu'une idée en tête : faire voir aux gens la vie en jaune et en couleurs.

Des histoires Magiques

Dix contes de loups
Jean-François Bladé

Savez-vous que les guêpes et les limaçons sont plus malins que les loups ? Que le renard est plus rusé ? Que l'oie, la poulette et le chat sont plus futés ? Voici dix contes du pays gascon qui vont mettre en déroute tout ce que vous pensiez savoir sur les loups.

Romarine
Italo Calvino

Romarine, Poirette, Pomme et Peau… autant de curieux personnages et de drôles d'histoires menées tambour battant par le grand écrivain Italo Calvino. Huit contes du folklore italien à savourer pour le plaisir de s'en laisser conter…

Le génie dans une boîte de coca et autres contes du gobe-mouches
Alain Demouzon

Corentin et Clotilde s'ennuient chacun de leur côté. Heureusement, le petit garçon se découvre un étrange pouvoir sur les gens qu'il montre du doigt ; la petite fille, elle, se prend pour la princesse d'un étonnant royaume où les poulets rôtis tombent du ciel. Quel monde farfelu vont-ils donc explorer ensemble ?

La sorcière du congélateur et autres contes du gobe-mouches
Alain Demouzon

En attendant de se marier peut-être un jour, Corentin et Clotilde se baladent dans un monde bien à eux. Corentin prétend qu'il a rencontré une princesse endormie dans le congélateur et Clotilde affirme avoir discuté avec un dragon affamé. Alors, qui osera leur dire qu'il est impossible de voler dans les nuages avec un chien jaune ?

Grain-d'Aile
Paul Eluard

Grain-d'Aile est si légère qu'il lui est très facile de sauter dans les arbres pour rejoindre ses amis les oiseaux. Mais ce qu'elle désire par-dessus tout, c'est voler avec eux. Un jour, l'écureuil lui propose de remplacer ses bras par des ailes.

Des histoires pour grandir

Les princesses ne portent pas de jeans
Brenda Bellingham

Avec sa drôle d'allure et son imagination délirante, Léa se moque de passer pour une folle et une menteuse auprès des enfants de sa classe. Le plus troublé c'est Jeff qui, lui, trouve Léa plutôt à son goût. Amie ou ennemie, son cœur balance…

La grand-mère aux oiseaux
Georges Coulonges

Brigitte s'est cassé la jambe. Elle est en convalescence chez sa grand-mère, à la campagne. La vieille dame, bourrue, parlant fort, vit seule dans sa ferme avec Pilou, le chat. Seule, pas tout à fait. Devant sa maison se trouve un arbre où les oiseaux se donnent rendez-vous.

On demande grand-père gentil et connaissant des trucs
Georges Coulonges

Pascal est le seul de la bande à avoir son grand-père à la maison. Son ami Antoine est jaloux : lui n'en a pas du tout. Il décide de s'en trouver un par le biais d'une petite annonce. Mais pour épater les copains, il doit bien le choisir…

Grand-père est un fameux berger
Georges Coulonges

Pour Antoine, enfant de la ville qui n'a jamais vu une vache de près, les vacances chez son grand-père dans l'Aveyron sont une aventure. Mais, surtout, il est fasciné par ce vieil homme qui sait tout faire et parle patois. Bientôt, c'est le grand amour entre eux deux.

Dur, dur, d'être un grand frère
Erica Frost

Jonathan a une petite sœur, Marie. Elle l'embête sans arrêt : elle pleure, elle crie, elle casse ses jouets. Et maman la défend toujours, Marie. Même le chien défend Marie. Trop c'est trop ! Jonathan décide de partir…pas pour de vrai !

C'est à cause de Grand-Père
Shirley Isherwood

Et un problème de plus pour Christophe : Grand-Père vient habiter à la maison, et il doit lui céder sa chambre. Il n'arrivera jamais à aimer ce vieil homme sans gêne, bruyant et autoritaire. Du moins le croit-il, jusqu'au jour où il fait une découverte inattendue…

Seuls dans la neige
Shirley Isherwood

Grand-père est parti chercher une brebis égarée dans la neige. Alice, huit ans, et son petit frère attendent, seuls, son retour. Mais la tempête fait rage et Alice commence à s'inquiéter…

La maison au fond du jardin
Guus Kuijer

Ce que Madelief aime dans la vie, c'est rigoler. Ce n'est pas toujours facile, surtout quand sa Grand-Mère meurt. Mais pourquoi sa mère ne pleure-t-elle pas ? Madelief perce ce mystère dans la petite maison du jardin de ses grands-parents.

Papa brûle les planches
Pierre Louki

Enfin, papa est devenu comédien. C'est l'occasion pour son fils de découvrir les coulisses du théâtre et d'y faire un jour une grosse bêtise qui sème la zizanie jusque sur la scène où se déroule la pièce.

Une vieille histoire
Susie Morgenstern

« Mémé, est-ce que tu aimerais être jeune encore une fois ? » Elle n'a pas besoin de réfléchir pour répondre. Sans aucune hésitation, elle dit : « Non, j'ai eu mon tour d'être jeune et maintenant c'est mon tour d'être vieille. J'ai eu ma part de gâteau et mon ventre est plein. »

Une copine pour Papa
Ulf Stark

Jules vit avec son papa. Papa travaille la nuit et Jules est souvent tout seul. Papa est distrait, ne sait pas s'occuper de la maison et Jules doit se débrouiller… Jean-Baptiste, le meilleur ami de Jules, pense que le papa de Jules devrait avoir une femme. Facile à dire…

Des histoires pour se faire peur

L'homme au doigt coupé
Sarah Garland

Qu'est-il arrivé à l'homme au doigt coupé, le sinistre voisin de Clive ? Pourquoi a-t-il disparu ? Et que signifie l'envoi à l'école d'un mystérieux squelette à qui il manque un doigt ?

La chose du lavabo
Frieda Hughes

Comment faire un exposé sur son animal familier quand on n'en possède pas ? Peter se désespère jusqu'au jour où il découvre un locataire dans sa salle de bains : une chose gluante et indescriptible qui sort à la fois un œil du trou du lavabo et une main de celui de la baignoire…

Annie dans la valise
Pierre Louki

Annie, Jérôme et Nicolas doivent prendre le train tout seuls. Mais au moment de monter dans le wagon, Jérôme s'aperçoit qu'il a perdu son billet. Les enfants décident qu'Annie, la plus petite, voyagera cachée dans une valise…

Graine de fantôme
Nina Rauprich

Spoki pense que les vieux trucs de ses parents, Horronimo le revenant et Clapotine l'ondine, sont dépassés. Il décide de devenir un fantôme moderne et d'utiliser l'arme la plus efficace contre les humains : cette caisse magique appelée télévision. Gare à Spoki le Terrible, roi des téléviseurs hantés !

Petzi, chasseur de trolls
Carla et Vilhelm Hansen

Petzi et ses amis ne sont pas rassurés de savoir qu'un affreux troll se promène dans les bois et fait peur aux gens. Ils décident de l'attraper. Mais voilà, personne ne l'a jamais vu. À quoi ressemble-t-il ? De quelle taille est-il ? Prêts à tout, ils s'enfoncent dans la forêt. Soudain, ils entendent un hurlement. « Houou !… »

Composition : Francisco *Compo*
61290 Longny-au-Perche

Imprimé en France par Brodard et Taupin
La Flèche, le 17.02.99 - n° 6467V

Dépôt légal : mars 1999.

12, avenue d'Italie • 75627 PARIS Cedex
Tél. : 01.44.16.05.00